# martine
# la surprise

*Texte de Jean-Louis Marlier*

Une mûre, deux mûres dans le panier.
Une mûre, deux mûres, trois mûres dans la bouche… quel délice !
Nicole, Jean et Martine éclatent de rire !
– Si tu les manges toutes, ton panier ne sera jamais plein, dit Nicole.
– Hummm… c'est tellement bon ! répond Martine. Et puis, il fait si chaud ! Moi, je ne bouge plus. Je reste ici, jusqu'à la fin des vacances !
Soudain, maman appelle :
– Martine ! Des nouvelles du Canada !

Aussitôt, Martine est debout. Elle se met à courir si vite que les autres ont bien du mal à la suivre.

– « Ils » annoncent leur retour avant la fin du mois, dit maman.

– Alors ils seront là le 30 août, pour l'anniversaire d'Hélène ! ajoute Martine toute joyeuse.

Nicole et Patapouf ne comprennent pas...

Que se passe-t-il ?

Qui est Hélène ?

– C'est elle, ta petite cousine du Canada ? demande Nicole.

– Oui ! Tu as vu comme elle est belle ! Il paraît qu'elle marche déjà, et puis elle sait dire plein de mots difficiles !

Martine est tellement heureuse qu'elle n'arrête pas de parler.

– Aide-moi, Nicole. Quand Hélène sera là, j'aimerais lui faire un beau cadeau… À ma place, qu'est-ce que tu lui offrirais ?

– Pourquoi pas une vieille pantoufle, pour se faire les dents ! propose Patapouf. Quand j'étais un bébé chien, c'était mon jouet préféré… Ou alors un os à moelle ! Ça fait toujours plaisir.

– J'aimerais tellement lui donner quelque chose de beau. Quelque chose qui vienne de moi, reprend Martine, comme…
Oh ! je sais ! Suivez-moi.
Et Martine entraîne Jean et Nicole dans le fond du jardin, en direction du vieux débarras.

– Il doit être ici, dit Martine
en poussant la porte.
– Qu'est-ce que tu cherches ?
demande Nicole. Si ce sont
des araignées, j'en vois plein !
– Je cherche un cheval.
– Un cheval ? Ici ?
– Oui ! Même qu'il se nomme
Pégase.

– Il est chouette, dit Nicole.
On peut l'essayer ?
Les fillettes éclatent de rire.
Elles ont les jambes bien
trop grandes, à présent !

*CRRRAC !*

Les rires s'arrêtent tout net.

La gorge nouée, Martine est au bord des larmes.

Elle l'aimait tant, son petit cheval.

– C'est grand-père qui l'a fait quand mon papa était petit. Puis, c'est le cousin Philippe qui l'a eu. Ensuite, il a été pour Jean et enfin pour moi. J'aurais tellement voulu l'offrir à Hélène...

– Allons, Martine ! ce n'est peut-être pas
si grave ! dit Nicole, embarrassée.
Mon oncle est menuisier.
Tu sais, un menuisier, c'est comme
un vétérinaire pour les chevaux
de bois.
– Tu penses qu'il pourrait le remettre
sur pied ? demande Martine…
Pas une seconde à perdre ! Vite, une ambulance
pour le malade ! Pin-pon ! Pin-pon !
– Whah ! Whah ! Dégagez la route ! C'est pour une urgence !
aboie patapouf.

– C’est grave ? demande Martine à l’oncle de Nicole.
– Hum ! Je vais être obligé de couper les jambes en châtaignier et de les remplacer par du chêne…
Mais ne vous inquiétez pas, je vais bien le soigner et je peux déjà vous assurer qu’il galopera aussi vite qu’avant !

Pégase a passé une semaine entière chez le « vétérinaire ». Maintenant, il est guéri. Il ne reste plus que quelques heures pour lui refaire une beauté. Mais le temps presse.
Demain, Hélène sera là !
Allons ! De la peinture, des pinceaux…
La main ne doit pas trembler !

– C'est beaucoup de travail pour une si petite cousine, se dit Patapouf…
Moi, je lui aurais donné un collier antipuce et c'était fini !

Attention ! La touche finale.
Il faut que le cheval retrouve
dans l'œil cette petite
lumière de vie
que Martine
lui a toujours connue...
Voilà, cette fois,
c'est super !

– Tu crois qu'elle va aimer son cadeau ? demande Martine, un peu inquiète.

– Bien sûr que oui ! Je le trouve magnifique, ce petit cheval. En le voyant, Hélène va certainement sauter de joie !

Le matin suivant, Martine, Jean et Nicole
se sont levés tôt. Ils ont de la chance.
La peinture est sèche. Mais pour
que ce soit une vraie surprise,
il faut un emballage cadeau.
Vite ! Du carton, du papier, des ciseaux.

– Ne tire pas trop ! lance Martine.

– Donne-moi du papier collant, dit Nicole.

– Moustache ! Vas-tu laisser ces rubans ! Non ! Pas les griffes sur le papier.

– Tu vas tout déchirer, crie Jean. Le temps presse, ils seront là d'un instant à l'autre.

– Ouf ! Voilà ! Tout est parfait.

Les heures passent, mais personne en vue.

Après s'être tellement dépêché, c'est bien long d'attendre.

– Alors ? Qu'est-ce qu'ils font ?

– Ne sois pas si nerveuse ! lance Nicole du haut de l'arbre.
Viens plutôt faire le guet avec nous.

– J'entends une voiture, crie soudain Martine. Oui ! Ils sont là !
Ce sont eux !

– Bonjour, oncle André, bonjour, tante Lucie !
Bonjour, petite Hélène !
Mais blottie dans les bras de sa maman, Hélène fait la timide. Qui sont ces gens qu'elle ne connaît pas ?
– Je suis ta cousine Martine !
Tu viens avec moi ? Tu vas voir, nous t'avons préparé une surprise…
Mais la petite fille apeurée détourne le visage et se cache comme elle le peut.
– Allons Martine ! Laisse-la tranquille, dit maman. Venez vous asseoir et racontez-nous ce voyage. Qu'est-ce que vous allez boire ?

Martine est très déçue. Elle attendait cette rencontre depuis si longtemps !

– Il faut la comprendre! dit Nicole. Elle doit être fatiguée. Laisse-lui le temps de s'habituer à nous.

– Moi, je voulais qu'elle me saute dans les bras, j'espérais qu'elle vienne voir le cheval. Tout ce travail n'a servi à rien ! Regarde ! Elle ne veut même pas quitter sa maman.

– Je m'en charge ! dit alors Patapouf, qui s'avance en trottinant. Avec mon charme habituel, je vais facilement l'apprivoiser. Vous allez voir.

– Coucou, petite fille ! Je vois dans tes yeux que tu as très, très envie de me caresser…
Moi je veux bien, mais pour ça tu dois m'attraper. Ce ne sera pas facile. Attention, je suis ici ! Maintenant je suis là !

Prise au jeu, Hélène oublie ses craintes, et la voilà qui poursuit le petit chien en riant.

Patapouf court vers la gauche, s'arrête, repart, fait deux tours sur lui-même, puis file tout droit derrière l'arbre. Hélène croit pouvoir lui attraper la queue mais le petit chien s'échappe encore.

Le voilà près du cadeau.
Hop ! d'un bond, il est
sur le paquet.
**Scrach !...**
Dans un grand bruit
de papier déchiré,
Patapouf passe
à travers l'emballage.

Surprise, puis intriguée, Hélène commence à s'intéresser à ce cadeau géant. Elle aperçoit un œil, mais ce n'est pas Patapouf, c'est...

– Un cheval ! s'exclame-t-elle.
En quelques secondes,
le papier est arraché
et Pégase apparaît enfin.

Une porte s'ouvre…
Un petit pied prudent s'avance…
Hélène finit par s'asseoir.
Elle amorce quelques balancements timides.
Puis, peu à peu, comme le cheval semble docile, la voilà qui accélère et qui se lance enfin dans un grand galop. Toute fière de son audace, son visage resplendit. Son rire sonne clair et loin dans tout le jardin.

Martine la regarde, heureuse.
Heureuse du bonheur d'Hélène,
heureuse de voir le cheval Pégase
emportant un nouvel enfant
vers de grandes chevauchées.

Patapouf, lui, a le mal de mer.
Il supplie pour qu'on le laisse
descendre.
Le cheval s'arrête alors.

La petite porte s'ouvre, Hélène
descend et se dirige vers Martine,
dans les bras de sa cousine…

... et, après lui avoir fait un bisou
tout doux sur la joue, elle lui dit :
– Merci !

# martine
## se déguise

Ce matin au courrier,
il y a une lettre pour
Martine. Elle est invitée
à un bal costumé qui
aura lieu dans deux
semaines.
– Comme je suis
contente ! pense
Martine en lisant
la nouvelle.

La joie l'envahit.
Elle se sent des
picotements plein
les bras et les
jambes. En même
temps, elle a envie
de rire, de chanter,
de danser.

Il n'y a qu'un seul problème : comment va-t-elle
se déguiser. Alors elle réfléchit.
A-t-elle envie de devenir fée, bergère, princesse, marquise, chat, clown, Indien, sucette géante ou pièce montée ?
Le choix est bien difficile et elle hésite :
– Que feriez-vous à ma place ? demande-t-elle à Moustache et Patapouf.
Ceux-ci n'ont pas d'idée sur la question. Ils secouent la tête.

– Si nous prenions conseil auprès de mademoiselle Hortense, propose maman qui a tout entendu.
Mademoiselle Hortense est couturière. Mais ce n'est pas une couturière comme les autres : elle n'habille que les comédiens et les acteurs, ces gens qui jouent au théâtre ou au cinéma. Chez elle s'entassent robes, habits et chapeaux en tout genre.

Martine saute de plaisir à la perspective de fouiller dans ce trésor :
– S'il te plaît, maman, allons-y maintenant ! dit-elle.
Mademoiselle Hortense habite une vieille maison aussi étrange que ses chapeaux. Une maison à colombage avec des géraniums aux fenêtres et une porte mauve. C'est joli une porte mauve.
Dans l'escalier en colimaçon, une ribambelle de nuages courent sur le papier bleu de la tapisserie.
Une odeur de vanille flotte dans l'air.

Maman explique le but de leur visite.
– J'ai ce qu'il vous faut, répond mademoiselle Hortense. L'année dernière, on m'a commandé des costumes pour une pièce d'enfants mais personne n'est venu les chercher. Depuis, je les loue… Viens les voir, mignonne.

Elle entraîne Martine dans la pièce voisine :
– Voilà… Veux-tu te transformer en luciole ou en ver luisant ? Préfères-tu être une pâquerette, une coccinelle, un papillon, une jonquille… ? J'ai tout ce qu'il te faut.
– Oh ! s'exclame maman. Je l'imagine bien en jonquille.
Il y a un chapeau en pétales de satin jaune avec une jupe de feuilles vertes et un collant vert. Mais Martine, ravie, a aperçu la longue jupe d'une tulipe rose.
– Comme elle est belle ! murmure-t-elle.

Quelques perles transparentes remplacent les gouttes de rosée. La petite fille tend la main pour les caresser. Mademoiselle Hortense sourit :
– Je vous prête les deux costumes. Vous choisirez tranquillement chez vous, dit-elle.
Elle est trop gentille. Martine l'embrasse.
– Prenez donc une tasse de chocolat avant de repartir, propose encore mademoiselle Hortense.

Les voilà installées autour d'une table ronde couverte d'une nappe brodée. Un vieux monsieur venu essayer un costume de marquis arrive avec un gâteau et s'invite. C'est un voisin, un comédien.
Le temps passe vite en sa compagnie, mais soudain maman se lève :
– Nous devons rentrer, maintenant, dit-elle. Merci pour ce bon moment.

Mademoiselle Hortense enveloppe les costumes. Martine porte fièrement le paquet dans la rue et, en arrivant à la maison, maman l'autorise à faire ses essayages devant le miroir de sa chambre.
– Je prépare le dîner et je reviens te voir, dit-elle.
Martine reste seule avec Moustache et Patapouf.

– Préférez-vous la jonquille ou la tulipe ? leur demande-t-elle.
Ils ne savent pas, ils aiment les deux. D'ailleurs, ils ont toujours pensé que leur petite maîtresse ressemblait à une fleur.
Martine soupire, hésite, tergiverse… La jonquille est très jolie mais sa jupe courte a décidément une drôle de forme :
– J'ai l'air d'avoir des pattes de mouche avec ce collant vert… et même, je ressemble à une grenouille… La longue robe de la tulipe est plus belle.

Martine caresse doucement le satin, tourne, retourne et virevolte à travers la chambre.
Soudain elle s'affole en voyant une déchirure au-dessus de l'ourlet. Est-ce un cauchemar ?
Non, il y a un accroc de cinq centimètres au moins dans le bas de la jupe.

– Ce n’est pas moi ! dit Patapouf.
– Ni moi… ajoute Moustache.
La petite fille ne les écoute pas. Son visage s’empourpre. Comment s’est-elle débrouillée pour abîmer le costume ? Sans faire exprès, elle a dû l’accrocher au talon de sa chaussure… Les larmes lui montent aux yeux. D’habitude elle n’est pas si maladroite.
Et maintenant, comment avouer sa bêtise ? Maman sera mécontente et mademoiselle Hortense croira qu’elle ne prend pas soin des affaires des autres. Quelle histoire ! Il faut réparer les dégâts très vite.
Martine court chercher sa boîte à couture. Puis elle enlève la jupe, la met sur l’envers, s’applique à coudre de tout petits points pour fermer la déchirure. Heureusement, elle a du fil rose de la même teinte que le tissu, mais Moustache la gêne en essayant de la consoler.

Ce n'est vraiment pas facile.
L'aiguille glisse dans le satin…
elle se pique !
– Zut et zut !…
Elle s'énerve, sort un petit
bout de langue… Enfin, elle a
terminé.
– Tu as choisi ? questionne maman en
passant la tête dans l'ouverture de la porte.
– Non, répond Martine en cachant sa boîte à couture.
– Tu veux que je t'aide à te décider ?
– Pas la peine, ces costumes ne me plaisent plus. Je préfère les
rapporter.
– Mais que mettras-tu le jour de la fête ? s'étonne maman.
– Je n'irai pas à la fête.
Maman est de plus en plus surprise. Elle fronce les sourcils mais
ne questionne pas davantage. Puis, elle retourne surveiller
âteau à la cuisine.

– Je cours chez mademoiselle Hortense et je reviens ! crie Martine en sortant.
– Reste bien sur le trottoir, répond maman.
Martine promet. Elle a une grosse boule dans la gorge. Dans la rue, elle marche lentement, tourne à gauche au premier carrefour, fait attention en traversant.

Voilà déjà la porte mauve, l'escalier, les nuages sur le papier bleu, l'odeur de vanille. Mademoiselle Hortense est là-haut, occupée à sa machine à coudre. Martine voudrait lui expliquer la vérité, s'excuser. Mais elle a trop envie de pleurer pour parler. Alors, elle pose le paquet sur la table et se sauve sans un mot.

Dehors, elle hésite. Elle n'a plus envie de rentrer à la maison. Elle voudrait marcher longtemps et ne plus jamais entendre parler de la fête costumée.

– Martine ! On te ramène chez toi ?

C'est Nicole en voiture avec son papa. Martine n'ose pas refuser. Elle monte à côté de son amie.

– Tu as une drôle de tête, tu es malade ?
– Non, non…

La voiture s’arrête devant la maison.
Maman est dans le jardin.
Impossible de repartir et de s’en aller très loin.
– Mademoiselle Hortense a téléphoné.
Ça y est ! le drame. Martine n’ose plus bouger.

Martine est étonnée de voir maman lui sourire. Elle n'en croit pas ses oreilles quand elle entend la suite :

– Tu lui as fait une gentille surprise, elle est très touchée de ton geste.

Peut-être qu'elle n'a pas encore ouvert le paquet ? Peut-être qu'elle parle seulement du retour des costumes ?

– J'aurais bien voulu voir cette réparation, ajoute maman ; il paraît qu'elle est formidable.

– Heu…

– En tout cas, tu as réparé la négligence d'une petite fille qui avait abîmé la robe de tulipe.

Martine ouvre de grands yeux :

– C'était qui ? demande-t-elle.

– Je n'en sais rien. Tu n'as pas écouté mademoiselle Hortense raconter l'histoire pendant que nous buvions le chocolat ?

– Non…

Elle n'a pas entendu.

Sans doute, à ce moment-là, écoutait-elle le vieux monsieur.

– Mademoiselle Hortense n'a pas eu le temps d'arranger l'accroc. Elle avait promis de le faire si tu choisissais ce costume.

De soulagement, Martine éclate de rire.

Maintenant elle comprend tout. Elle est trop contente de savoir que ce n'est pas elle qui a déchiré la robe.

– Je vais t’expliquer la vérité, déclare-t-elle ensuite à maman.
Celle-ci réalise mieux la situation après l’avoir écoutée :
– Si c’est comme ça, je rappelle mademoiselle Hortense et je lui annonce que nous avons changé d’idée, décide-t-elle. Dis-moi seulement en quoi tu préfères être habillée pour la fête.
– En tulipe, sourit Martine.
– D’accord…

Maman court téléphoner.
Martine reste au jardin avec Moustache et Patapouf.
– J'ai le temps de vous coudre des petits manteaux de satin rose.
Je pourrai peut-être même vous fabriquer des bonnets assortis et vous viendrez avec moi.
Ses deux amis échangent un coup d'œil inquiet. Parle-t-elle sérieusement ? Plaisante-t-elle ?
Ils espèrent bien que oui…

# martine
## baby-sitter

Jeudi, tante Monique a téléphoné à Martine.

— Nous devons nous absenter ce soir. Peux-tu t'occuper de tes cousins ?

Martine est enchantée. Elle adore ses cousines, les jumelles Sandrine et Sandra, et leur frère Alexis.

Ce soir-là, Martine arrive chez tante Monique.

— Bonsoir tout le monde !

Le chien César aboie joyeusement.
— Tu as le bonjour de Patapouf, lui dit Martine à l'oreille.

— Vite, vite, la voiture attend, dit tante Monique. Nous rentrerons tard dans la soirée... Alexis doit terminer ses devoirs.
Après le repas, Martine vous mettra au lit... N'oubliez pas de faire votre toilette.
Et surtout, soyez sages, les enfants !
— Oui, oui. C'est promis. Au revoir.

Papa et maman sont partis. On va bien s'amuser.

— Attendez ! Où allez-vous ?

— Jouer à cache-cache dans les chambres, dit Sandrine.

— On va sauter sur les lits, dit Sandra.

— Non, non ! On ne court pas dans les escaliers, descendez ! crie Martine, je vais vous lire une belle histoire.

— Écoutez bien. C'est l'histoire du lièvre et de la tortue.
Pendant que le lièvre batifole, la tortue ne perd pas une seconde en chemin.

— Regarde, c'est le lièvre qui va arriver le premier.
Il court plus vite !
— Mais non, c'est la tortue qui a gagné !
— Rien ne sert de courir…

— Encore une histoire, Martine !
— Plus tard, c'est promis.

J'ai apporté un puzzle.
Regardez.
On commence par poser les coins.
C'est plus facile.
— Et moi ?
dit Sandra.
Qu'est-ce que je fais ?

Martine est partout à la fois.
Elle aide Alexis qui sèche sur ses devoirs.
Il est au bord des larmes.
Il préférerait jouer avec le chien César.

Mais déjà, les jumelles ont terminé leur puzzle.
Il faut les occuper. Martine leur explique
comment faire des *ribambelles*. Elle coupe
des bandes de papier, puis les plie en accordéon.
Il faut prendre des ciseaux à bouts ronds pour ne pas se blesser,
découper un modèle, et…
— Je déplie… Regardez !
— On dirait de la dentelle.

Il n'y a qu'une seule paire de ciseaux…
Heureusement, Sandrine préfère jouer avec les crayons feutres.
Elle fait de très jolis dessins.
Il y en a un pour Martine.
Les autres seront pour maman !

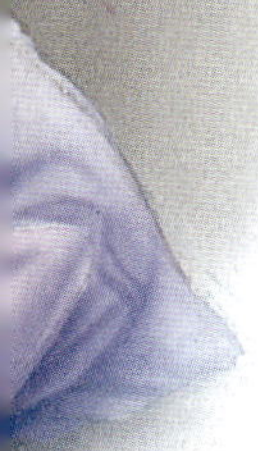

Alexis appelle.
Il a terminé ses calculs.
Martine les corrige.
— C'est très bien !
Il n'y a presque pas de fautes.

Pendant ce temps,
les jumelles s’en donnent
à cœur joie.
— C’est amusant les ciseaux !
On peut jouer à la coiffeuse.
Et les feutres aussi…
Il y en a de toutes les couleurs.
Les murs vont être bien décorés.
“Maman sera contente”, se dit Sandra.

Et si on se déguisait ?
— Bonjour madame...
Vous avez un bien joli chapeau !
— Martine ! Viens voir comme je suis belle !
— Mais... vous avez mis de la peinture partout ! s'exclame Martine.

Comment allons-nous faire pour enlever tout cela ? On ne peut vraiment pas vous laisser seules un instant !

Heureusement, avec du savon, Martine réussit à tout effacer.
— Maintenant, on se calme ! dit-elle.

Mais les bêtises ne sont pas finies
pour autant. Sandrine et Sandra
jouent tranquillement dans le
fauteuil, quand elles découvrent
le téléphone portable.
— Et si on appelait maman ?
Je connais son numéro :
un, deux, trois, quatre,
cinq, huit, dit Sandra.
— Hello ?
— Allô,
qui parle ?

— Good evening.
— Good evening !
Mais c'est un Américain !
Vous avez fait n'importe quoi !
Cette fois, Martine
n'est pas contente.

— Excusez-nous.
C'est une erreur, monsieur.
Au revoir…

Pendant cet intermède, Alexis a enfin terminé ses devoirs. Il doit maintenant réviser les tables de multiplication.

Deux fois cinq font dix.
Deux fois six font douze.

— Moi aussi, je sais compter, dit Sandra.
— Dis-moi, Sandrine, combien font deux plus trois ?
— Deux plus trois font... je ne sais pas.
— Deux plus trois font cinq.

Mais voilà que le téléphone sonne...

C’est tante Monique qui appelle.
— Bonsoir maman, nous sommes très sages, dit Sandrine. Nous allons regarder la télé…
… Non, nous n’irons pas dormir trop tard.

Sur l’écran, une soucoupe volante apparaît. Elle atterrit dans un faisceau de lumières, des rouges, des bleues, des vertes. Un extraterrestre descend de l’appareil. Il a un casque sur la tête. Il n’a pas l’air commode. Ses yeux brillent comme des rayons lasers.
— Moi, je n’aime pas ça.

— Et si on changeait de chaîne ?
— Nous allons regarder une cassette vidéo, dit Martine...
Laquelle voulez-vous ?
— Les cent un dalmatiens.

— Non ! On l'a déjà vu cent fois ! Je préfère les histoires drôles.
— Alors, mettons plutôt un film de Charlot.
— C'est plus amusant !
Maintenant, tout le monde rit de bon cœur.

Martine a demandé qu'on l'aide
à préparer le repas.
Les jumelles ont aussitôt proposé
de faire la vinaigrette pour
assaisonner la salade.

— Voyons : il faut beaucoup
d'huile, du vinaigre, du sel,
du poivre…

Puis on mélange le tout.
— Et si on ajoutait du sucre ?
— Ça sera certainement meilleur.

— Maman met parfois
des oignons, mais ça pique.
On a les yeux qui pleurent.

— À table, à table, les enfants. Il y a du poulet, du jambon...
— Moi, je préfère la crème glacée, dit Sandrine.

C'est l'heure du bain.
La baignoire est remplie de mousse. Alexis fait des bulles de savon.

On s'éclabousse, on rit.
César s'amuse beaucoup lui aussi.

Puis, on enfile les pyjamas.
— Habillez-vous toutes seules, dit Martine.
— Celui-ci est à moi ?
— Mais non, c'est le mien !

La salle de bains est dans un piteux état. Il y a de l'eau partout !

— Quand vont-elles donc s'arrêter ? soupire Martine.
Les jumelles commencent à être fatiguées, il est temps de les mettre au lit.

Sandra s'est assoupie dans les bras de Martine.

— Bonne nuit, ma chérie. Fais de beaux rêves. Et surtout ne pense plus aux extraterrestres.

Ouf ! ça y est ! Tout est calme.
Les jumelles dorment.
Martine va enfin pouvoir se reposer.
Pas si facile de remplacer une maman !

— Coucou ! C'est nous !
— Ah non, je rêve ! Les revoilà !
— Martine, raconte-nous encore une histoire.
— Plus ce soir. Tout le monde est fatigué.
Il faut aller dormir tout de suite.
Papa et maman vont bientôt rentrer…

http://www.casterman.com

D'après les personnages créés par Gilbert Delahaye et Marcel Marlier / Léaucour Création.
Imprimé en Chine. Dépôt légal : Mai 2007 ; D. 2007/0053/226.
Déposé au ministère de la Justice, Paris (loi n° 49.956 du 16 juillet 1949 sur les publications destinées à la jeunesse).